世界经典童话小说书系

渔夫和金鱼

著者 / 普希金 等　编译 / 韩小伟 等

吉林出版集团股份有限公司 | 全国百佳图书出版单位

图书在版编目（CIP）数据

渔夫和金鱼/（俄罗斯）普希金等著；韩小伟等编译.--
长春：吉林出版集团股份有限公司，2016.12
（世界经典童话小说书系）
ISBN 978-7-5581-2138-8

Ⅰ.①渔… Ⅱ.①普… ②韩… Ⅲ.①儿童故事－作
品集－世界 Ⅳ.①I18

中国版本图书馆CIP数据核字（2017）第065092号

渔夫和金鱼

YUFU HE JINYU

著　　者	普希金 等	
编　　译	韩小伟 等	
责任编辑	宋巧玲	
封面设计	张　娜	
开　　本	16	
字　　数	50千字	
印　　张	8	
定　　价	18.00元	
版　　次	2017年8月　第1版	
印　　次	2020年10月　第4次印刷	
印　　刷	三河市嵩川印刷有限公司	
出　　版	吉林出版集团股份有限公司	
发　　行	吉林出版集团股份有限公司	
地　　址	长春市绿园区泰来街1825号	
电　　话	总编办：0431-88029858	
	发行部：0431-88029836	
邮　　编	130011	
书　　号	ISBN 978-7-5581-2138-8	

前言

　　儿童自然单纯，本性无邪，爱默生说："儿童是永恒的弥赛亚，他降临到堕落的人间，就是为了引导人们返回天堂。"人们总是期待着保留这份童真，这份无邪本性。

　　每一个儿童都充满着求知的欲望，对于各种新奇的事物，都有着一种强烈的好奇心，这样在成长的过程中就不可避免地被好的或坏的事物所影响。教育的问题总是让每个父母伤透了脑筋，生怕孩子们早早地磨灭了童真，泯灭了感知美好事物的天性。童话很好地解决了这个问题，让儿童始终心存美好。

　　徜徉在童话的森林，沿着崎岖的小径一路向前，便会发现王子、公主、小裁缝、呆小子、灰姑娘就在我们身边，怪物、隐身帽、魔法鞋、沙精随

1

时会让我们大吃一惊。展开想象的翅膀，心游万仞，永无岛上定然满是欢乐与自由，小家伙们随心所欲地演绎着自己的传奇。或有稚童捧着双颊，遥望星空，神游天外，幻想着未知的世界，编织着美丽的梦想。那双渴望的眸子，眨呀眨的，明亮异常，即使群星都暗淡了，它也仍会闪烁不停。

童心总是相通的，一篇童话，便会开启一扇心灵之窗，透过这扇窗，让稚童得以窥探森林深处的秘密。每一篇童话都会有意无意地激发稚童的想象力和感知力，让他们在那里深刻地体验潜藏其中的幸福感、喜悦感和安全感，并且让这种体验长久地驻留在孩子的内心，滋养孩子的心灵。愿这套《世界经典童话小说书系》对儿童健康成长能起到一点儿助益，这样也算是不违出版此书的初心了。

编者

2017年3月21日

目录
MULU

渔夫和金鱼

从前有一个老头儿和一个老太婆，他们夫妇俩生活在蔚蓝色的大海边。他们很穷，住在一所破旧的草棚里，住了整整三十三年。

每天，老头儿出海撒网打鱼，老太婆则待在家里纺纱绩线。

一天，老头儿下海捕鱼，打到了一条金鱼。

"老爷爷，求求你把我放回大海里去吧！只要放了我，你要什么都可以。"金鱼苦苦哀求。这条金鱼竟然能跟人一样开口讲话。

老头儿吃了一惊，心里有点儿害怕。他活了大半辈子，从来没有听说过鱼会讲话。思索了片刻，他把金鱼放回了大海，而且没要任何报酬。

回到家，老头儿对老太婆说："今天我打到了一条金鱼，还会讲人话。它求我把它放回大海，说愿意用任何东西来换取自由。我没要报酬，把它放了。"

"你这个傻瓜，真是个老糊涂，哪怕要只木盆也好啊，

我们那只已经破得不成样子了!"老太婆非常生气,大声骂道。

于是,老头儿来到海边呼唤金鱼,此时的大海微微泛起波澜。

"你要什么呀?"金鱼游了过来。

"老太婆把我大骂了一顿,不让我这个老头儿安宁。她要一只新的木盆,我们那只已经不能再用了。"老头儿回答道。

"别难受,回去吧,你们马上就会有一只新木盆的。"金鱼摇了摇尾巴。

老头儿回到家,发现家里真的出现了一只新木盆。只是这次老太婆却骂得更厉害了,原来她还想要座木房子。

于是,老头儿又来到海边呼唤金鱼,蔚蓝的大海翻动起来。看到金鱼游近,他赶紧说出了想要木房子的要求。

"回去吧,你们马上就会有一座木房子的。"金鱼摇了摇尾巴。

老头儿回到家，发现草棚已经无影无踪，展现在他面前的是一座漂亮宽敞的木房子，不仅有砖砌的白色烟囱，还有橡木大门。老头儿非常高兴，但老太婆还是不满足，她不想做低贱渔夫的妻子，想做世袭的贵妇人。

老头儿又来到海边呼唤金鱼，此时蔚蓝的大海波浪涌动。看到金鱼游近，他再次说出了老太婆的要求。

"回去吧，她马上就会如愿的！"金鱼又摇了摇尾巴。

老头儿回到家，看到一座高大的楼房。老太婆站在台

阶上，穿戴华丽名贵。勤劳的奴仆们则恭恭敬敬地站在她面前。

老头儿本以为老太婆会感到高兴满足，可是老太婆把他赶到马棚里去干活了。

一个星期后，老太婆又不满足了，她想做自由自在的女皇。老头儿被仆人押到海边呼唤金鱼，此时蔚蓝的大海波涛汹涌。看到金鱼游近，他再次说出了老太婆的要求。

"回去吧，她马上就会如愿的!"金鱼还是摇了摇尾巴。

老头儿回到家，看到矗立在眼前的竟是一座皇家的宫殿。老太婆已经当上了女皇，由大臣贵族侍候着，周围站着威风凛凛的士兵。

几天后，老太婆又闹了起来，她想做海上的女霸王，还想要金鱼做她的奴仆。

老头儿不敢顶嘴，跑到海边。此时，海上刮起了可怕的风暴。见到金鱼，老头儿又提出了新的要求。可是金鱼听了，没有说一句话，只是摇了摇尾巴，游走了。

等了很久也没有等到回答，老头儿只得回家去见老太婆。然而，出现在他眼前的依旧是那间破草房，老太婆坐在门槛上，面前还是那只破木盆。

熊 都 督

　　身为一只熊的踏扑太君，是森林中的一名老官员。他是一只有上进心的熊，最大的梦想就是能被载入史册。为了实现自己的梦想，踏扑太君规划好了自己的人生，那就是展开一场大屠杀。他一直坚信，这个世界最辉煌的功绩莫过于发动一场屠杀。

　　森林之王狮子看中了踏扑太君这一点，授予他少校官衔，委任他为都督，去遥远的森林平定内乱。

　　得知熊都督要来的消息，森林中的动物们聚在一起七嘴八舌地讨论这件事。

那个时候，森林中没有什么规矩法则，动物们都是自由的，可以按照自己的意愿生活。鸟雀们自由自在地飞翔，野兽们随意搜寻自己的猎物，昆虫们想去哪里就爬向哪里，这样的生活他们非常喜欢。

然而他们明白，这样自由放纵的生活是不会得到熊都督认可的。他们诚惶诚恐，大喊大叫。

熊都督很快就来到了自己的辖区。一到任，他便立刻宣布：马上进行屠杀。尽管这个"屠杀"毫无理由，而且很残忍，但熊都督认为，凭借这场屠杀，他完全能够被载

入史册。

熊都督早就计划好了，但是在执行之前还是出现了意外。这一天，畅想着光辉未来的他心情非常愉悦，决定庆祝一番。

他买来一桶酒，喝得酩酊大醉。此时，他住的山洞还没有打好，只能睡在森林中的一块草地上。一躺下，熊都督立刻就睡着了。

第二天早晨，一只黄雀飞到熊都督睡觉的草地附近。这可不是一只普通的黄雀，他聪明伶俐，能搬运水桶，还会唱歌。

黄雀的聪明和多才多艺得到了大家的一致赞赏，几乎所有的鸟儿都非常喜欢他。就这样，黄雀的名声传到了狮子大王的耳朵里。狮子大王对黄雀的歌声非常好奇，曾多次对身边的顾问——一头聪明的驴子说想听听黄雀的歌声。

黄雀以为正在睡觉的熊都督是一截朽木，便落到上面唱起歌来。

"谁的胆子这么大，竟敢在我熊都督的身上跳来跳去！"从梦中惊醒的熊都督大声咆哮道。

本来黄雀听到这样的话应该立刻飞走，可是他偏偏在这一刻没有想明白：为什么木头会说话呢？就在他思考的时候，熊都督因为被吵醒，心情很差，一把抓住黄雀，连看都没看，就一口吞了他。

忽然，熊都督清醒过来。

"我到底吃了个什么东西呢？这个东西这么小，肯定不是坏蛋。"刚开始熊都督有些迷茫，但既然吃了，已经无法挽回了。

熊都督虽然决定不再去想此事，但还是忍不住问自己。然而可惜的是，他还不懂得一步错步步错的道理。

"大傻瓜，本来还以为他能让我们大家团结一心，可是他却吃了一只黄雀！"一只白头翁在树枝上大喊。

听了这话，熊都督勃然大怒，一个翻身来到树下，想抓住这只多嘴的鸟。白头翁也不是傻子，很快便飞到另一棵树上。等到熊都督又爬到另一棵树上时，白头翁又飞回原来的树上。就这样，一只鸟、一只熊来回折腾着。

熊都督累得筋疲力尽，可是事情还远没有结束，这一切又被乌鸦瞧见了。乌鸦看到这位熊都督没能把白头翁怎么样，胆子便大了起来。他也站在树上大骂熊都督是个笨蛋。听到这话，熊都督又跑去捉乌鸦。

可是这时，不知又从哪儿跑来一只兔子。

"真是个蠢货，居然把黄雀给吃了！"兔子喊道。

紧接着，蚊子、青蛙都喊了起来。不到一个小时，熊都督吃掉一只黄雀的事情就传遍了整个森林，所有的动物都知道了他干的这件蠢事。

整个森林震动了，本来动物们期待熊都督能为这片森林增光添彩，可没想到他竟做出这样的蠢事。

此时的熊都督显得焦躁不安，这样的事情他还是第一次遇到。曾经有一次，有人把他赶出洞穴，还放了一群狗来咬他。那些狗不断地咬他的脖子、屁股和大腿，当时他还以为死到临头了，可最终还是躲过了那场灾难。

现在他真的绝望了，根本无处躲藏，仿佛身边的每一棵树、每一个洞、每一个土墩都在嘲笑他、戏弄他。

猫头鹰本来是这片森林中最愚蠢的鸟，可是现在连他都在嘲笑熊都督。

最让熊都督难过的不是受到了侮辱，而是自己的威信一天比一天低。如果消息传出森林，那就更丢人了，天下人都会把这事当作笑料。

身为都督，就因为做了一件微不足道的小事，居然会有这样的下场！此前，谁会说他熊都督是个傻瓜？就连最聪明的驴子顾问都非常赏识他，在狮子大王面前说了他不少的好话。

这件事之后，森林里的动物们议论纷纷。大家对这件事都非常气愤。

正所谓好事不出门，坏事传千里，很快邻近荒野上的动物们都知道了这件事。他们时常会过来把熊都督羞辱一番。

"舆论真是太可怕了！难道我就要以这种方式被载入史册吗?"熊都督一声长叹。

想到这儿，他的心颤抖了一下。他还记得驴子顾问曾经说过，狮子大王非常看重甚至惧怕历史。

熊都督现在面临的问题是，上任伊始，他不是咬死了一群牛，也不是将守林人的房子推平，更不是发动了一场大屠杀……如果一切都能够按计划实施，那么驴子顾问一定会为他写一封赞美信，还会在狮子大王面前为他美言一番。可是现在，所有的一切都被一只黄雀给毁了，他已经臭名远扬。

熊都督彻夜难眠，什么事情都做不了，连报告也听不进去。

"不知道驴子顾问对我所做的一切是怎么看的？狮子大王会怎样看待这件事？"他总是在想。

很快，熊都督就收到了驴子顾问写来的一封信："狮子大王得知阁下并未进行屠杀，却吃掉了一只黄雀，不知是否属实?"

熊都督只好写了一份报告给狮子大王作为回信。寄信的时候，他没有忘记给驴子顾问捎去一桶蜂蜜作为礼物。于是，驴子顾问很快就传来一个小道消息："狮子大王很不满意您的行为，因此，您必须进行一场大屠杀，以挽回影响。"

熊都督马上就开始了行动。他咬死了一群羊，然后将农妇的一篮草莓全部踩烂，最后将一间印刷所的机器彻底捣毁。

做完这一切，熊都督高兴极了。他认为狮子大王一定会奖励他，还会给他颁布嘉奖令。然而现实总是残酷的，他并没有收到嘉奖令。尽管驴子顾问为他说了很多好话，甚至专门写了一篇文章赞美他的事迹，但狮子大王却并不买账。

　　狮子大王在驴子顾问的奏章上批示道："我不相信这些事情是真的，因为熊都督吃了我喜欢的黄雀！"

　　事情已经没有挽回的余地，熊都督被降职去了步兵营，成了一名小小的步兵，彻底结束了仕途生涯。

　　不久，狮子大王派来另外一名少校管理这片森林，他也是一只熊，人称熊都督二世。熊都督二世要比他的前任聪明，赴任之前就已经做好了周密的计划，但可惜他的官运更差。

　　驴子顾问曾给他出过一个主意——一到辖区，立即捣毁印刷所。但是，他来到森林，发现这里已经没有印刷所了。现在只剩下一间图书检查室，由白头翁负责。

　　每天早晨，白头翁都会在森林中传播当天的新闻，而啄木鸟则在树皮上写他的《森林野史》，不过字迹已被虫蛀。所以，严格来说，森林中的动物们和外界并没有什么联系。

　　熊都督二世想，既然没有印刷所，那么至少也应该有一所大学或者科学院可以烧吧。可惜，他还是没能如愿，大学里的人早就被送去充军了，科学院里的人也被关进了树洞。

熊都督二世非常伤心，只好来到附近一个农夫的院子里。

他咬死了农夫的马、牛、猪和羊。很明显，农夫已经被他弄得破产了，可他还是觉得不过瘾，打算将农夫的房子夷为平地。

他爬上房顶，只听哗啦一声，房子塌了。原来房梁早就腐烂，根本承受不住熊都督二世的重量。

熊都督二世的反应还算快，紧紧抱住一根柱子，大声吼叫起来。人们听见叫声，连忙从家里拿着武器跑来。看到被熊都督二世破坏的院子，人们愤怒极了，举起手里的武器，很快就把他打死了。

熊都督二世的事情很快就传到了驴子顾问的耳中。驴子将此事写成奏章呈给狮子大王。狮子大王写下批示：

"重新任命一只熊为少校，应竭力避免前两位之误，尽心尽力管理森林。"

就这样，熊都督三世产生了。他比前辈们都聪明，收到狮子大王的任命书，就开始思索怎么办。他写了一份报告请示聪明的驴子顾问："既然表现得太差或太好都不行，那我能不能折中一下呢？"

很快，驴子顾问的回信就来了，可是回答却很含混："这个问题的答案你可以查阅《森林条例》。"

熊都督三世听从驴子顾问的建议，查阅了《森林条例》，可是在里面并没有找到他想要的答案。

"怎么办呢？里面根本没有我想要的答案，只好继续请教驴子顾问啦！"于是，熊都督三世继续纠缠驴子顾问，三天两头便给驴子顾问写报告。驴子顾问无奈，只好让他自己看着办。

"天啊，我竟到了这种境地！封我做高官，却不告诉我应该怎么去做，怎么办呢？"熊都督三世伤心地说。

到底要不要去上任，成了熊都督三世面临的难题。不过他转念一想，狮子大王准备了一大笔路费，为了这笔路费，也应该去上任。

为了把这笔钱节省下来装进自己的口袋，熊都督三世决定走着去赴任，而且这样还能赢得一个清廉的好名声。

一路上，熊都督三世已经计划好了，到任之后既不参加欢迎仪式，也不去听报告，立刻打个洞躺下来睡觉。

"杀死一只兔子，算是怎样的表现呢？狮子大王和驴子顾问会满意吗？那些农夫会生气吗？杀死兔子会不会被载入史册？"一想到历史，熊都督三世就不由得心里一颤，他看得出狮子大王是害怕历史的。这正是熊都督三世的聪明之处——能洞察问题的所在。

尽管熊都督三世能看出问题，但他还是不知道如何管理辖区。无论他想做什么，脑子里都会有个声音叫他不要动。

于是，在很长一段时间里，熊都督三世都是舔着爪子过日子。对于辖区，他从不认真去管理。

直到有一天，他终于决定用一个合适的方式来显示一下自己的能力。他爬上森林中最高的一棵松树，扯开嗓子大吼了几声。可是森林里的动物谁都没有理会这几声吼叫，他们已经放肆惯了。

看到这样的结果，熊都督三世只好无奈地回到洞中……然而，他毕竟是只聪明的熊，最终还是想出了一个稳妥的办法。

他意识到，森林中原本是有"秩序"的，尽管这种秩序并不能保证长治久安。但作为都督，他的任务并不是让森林拥有永远的太平，而是维持一种秩序！就像狼要吃兔子、猫头鹰要抓老鼠一样，看起来好像不太平，但这却是秩序的体现，所以他最重要的任务，就是维持森林中的秩序。

啊，原来如此简单！只需坐在山洞里，问题就会迎刃而解。

打定主意，熊都督三世管理的辖区从此便一帆风顺。他整天只顾睡大觉，动物和农夫们却拿出自己最好的东西来伺候他。

日子一天天过去，熊都督三世平平安安地在森林里生活了很多年。其间，森林的秩序一次也没有被破坏，狮子大王对此非常满意。而熊都督三世自然也得到了丰厚的回报，被提升为中校，然后是上校……

不过，就在熊都督三世以为可以这样安稳地过一辈子时，森林里却来了一个猎人……

八十天环游地球

　　1872年，在英国伦敦住着一位斐利亚·福克先生。他是伦敦改良俱乐部的成员，非常富有，而且学识渊博。没人清楚他的底细，只知道他是一个豪爽的君子、一个英国上流社会的绅士。

　　福克先生的生活很有规律，一切都是按部就班，行动精密准确，凡事皆有准备。他从不多走一步路，也不会无故做多余的动作。他行动迟缓，但从来不会因为迟到而误事。他没有妻子儿女，也没有亲戚朋友，从不与人交往，家里只有一个仆人，唯一的消遣就是看报和玩牌。

总而言之，再也没有比这位绅士更不爱与人交往的人了。

路路通是福克先生最近雇的仆人，是个正派的小伙子，殷勤温和，而且长相非常讨人喜欢。

路路通是个土生土长的巴黎人，听说英国人办事很有条理，非常绅士，于是跑到伦敦来当用人。在来这儿之前，他已经换了十户人家。这十家人脾气古怪，酷爱到处冒险，一点儿都不合路路通的心意。

后来，听说福克先生要找一个用人，他了解到福克先生既不在外面留宿，也不出门旅行，从没远离过住宅。给这样的人当差，对路路通来说太合适了。所以他登门拜访福克先生，并顺利留了下来。

最近伦敦发生了一件大事，一笔五万五千英镑的巨款在英国国家银行总出纳员的柜台上被人偷走了。

改良俱乐部的绅士们在玩牌的间隙一直讨论着这件事。渐渐地，话题变成了关于环游地球一周究竟需要多长时间的争论。福克先生认为《每日晨报》上计算的时间是完全可行的，八十天足以环游整个地球，其他人则认为旅途中一定会有意外发生，从而导致延时。

最后，福克先生跟其他几位绅士打赌，他将在10月2日晚8点45分出发，环游地球一周，于12月21日晚8点45分之前回到伦敦，否则他将输掉两万英镑。

10月2日晚上7点25分，福克先生辞别会友，离开了改良俱乐部。7点50分，他推开自家的大门，通知路路通十分钟以后动身去环游地球。

路路通大吃了一惊——这还没过上几天安稳日子呢！没办法，他只能按照福克先生的要求，老老实实地收拾行李。8点整，路路通已经把旅行袋准备好了。福克先生在旅行袋里塞了两万英镑作为路费，然后坐上马车向车站驶去。8点40分，福克先生跟路路通在车厢里坐了下来。8点45分，汽笛一响，火车启动，福克先生就这样开始了他的环球旅行。

福克先生要在八十天内环游地球的事情轰动了全国。全伦敦的市民都在议论，甚至有人为此开设了赌局。有人支持福克，有人反对福克，但在英国皇家地理学会发表了一篇很长的反对论文后，反对派在人数上很快就占了优势。最后，支持福克的只剩下阿尔拜马尔老爵士，他肯定福克必胜，并且下了四千英镑的赌注。

福克动身后没几天，发生了一件奇怪的事，侦探费克斯从苏伊士给伦敦警察总局拍来一封电报："警察总局局长罗万先生，我盯住了银行窃贼斐利亚·福克。速寄拘票到孟买。"

这份电报一发表，福克先生立即从一位高贵的绅士变成了一个偷钞票的窃贼，大家都认为他是用环游地球作幌子，来逃过英国警探的侦查。

这份说福克先生是盗贼的电报是怎么来的呢？

原来，10月9日，在苏伊士码头等待"蒙古"号商船的人群中，有一个人正走来走去，他就是侦探费克斯。英国国家银行盗窃案发生之后，他被派到苏伊士港口办案。就在两天以前，费克斯收到一份有关窃贼外貌特征的材料，说他是一位衣冠楚楚的高贵绅士。

没过多久，一阵汽笛声宣告庞大的"蒙古"号进港了。费克斯认真打量着每一位旅客。这时，一位旅客走到费克斯面前，拿出一本护照，客气地问他英国领事馆的地址。费克斯看到护照，高兴得差一点儿跳起来，原来护照上关于持照人的记载，跟他收到的那份材料说的完全一样。这位旅客就是路路通，他拿的护照正是福克先生的。

　　路路通找英国领事馆是为了给福克先生办签证。费克斯告诉他，办理签证必须本人到场。在路路通去找福克先生的时候，费克斯飞快地跑向领事馆。他告诉领事找到了窃贼，要求领事在伦敦的拘票寄来之前，不要给福克办理签证。领事拒绝了这个提议，按规定，只要护照没问题，他就必须办理签证。

　　福克主仆很快就到了领事馆，领事在问了一些简单的问题后，痛快地为他们办理了签证。福克先生回到船舱，拿出旅行日记。这本日记上详细注明了预计到达每一重要地点的时间以及实际到达的时间。每到一处，福克都要查对一下日记，计算出早到或迟到的时间。今天是10月9日，如期到达苏伊士，既没提前，也没延后。

　　没多久，费克斯在码头上碰见了路路通。路路通正在那儿逍遥自在地逛来逛去。

　　"喂，朋友，您的护照办好签证了吗？"费克斯走上前搭话。

"哦，原来是您，多谢您关心！"路路通的话匣子很容易就打开了，开始滔滔不绝。

费克斯了解到福克先生很孤僻，但非常富有，大家都弄不清楚他钱的来路。同时，费克斯还打听到福克先生不会在苏伊士上岸，他要到孟买去。

费克斯决定马上给伦敦拍电报，要求将拘票寄到孟买，然后一直跟着福克到印度孟买。十五分钟后，费克斯提着行李上了"蒙古"号。

"蒙古"号全速前进，看样子会提前到达目的地。福克先生照常一日四餐，简直就是一台结构精密的机器。

从苏伊士出发后的第二天，路路通在甲板上遇到了侦探费克斯，之后他们就常常在一起聊天。这位侦探想尽办法接近路路通，以便必要时利用他。

10月20日下午4点30分，轮船到达孟买码头。按照预计，"蒙古"号本应在10月22日到达孟买，可现在20日就到了，所以福克先生赢得了两天的时间。他把这时间正式地写到了旅行日记里。

下船后，福克先生吩咐路路通去买东西，叮嘱他务必在8点以前赶到车站，然后乘坐火车前往加尔各答。而他自己，则亲自去领事馆办理护照签证。

路路通在回车站的路上，准备进一座美丽的神庙逛逛。他因为没有尊重印度的宗教习惯，和对方发生了冲突。

侦探费克斯一下船就找到孟买警察局局长，问他是否接到了伦敦寄来的拘票，但是局长什么也没收到。他只好继续跟踪福克，正巧听见路路通对福克先生讲述刚刚的遭遇。

"既然他在印度犯了罪，那我就有理由抓人。"费克斯灵机一动，心想。

火车上，路路通和福克先生对面坐着另一位客人——军官法兰西斯·柯罗马蒂。第二天，法兰西斯问路路通时间，路路通回答说是早上3点钟。实际上，他表上的时间是按格林尼治子午线计算的，所以此时已经慢了四个小时。虽然法兰西斯指出路路通所报的时间有误差，但这个倔强的小伙子坚决不拨自己的表针。

10月22日早8点，火车到达克尔比后停了下来，因为克尔比到阿拉哈巴德之间有一段铁路还没有修完，旅客们只能下车自己想办法。福克先生并没有惊慌，花大价钱买了一头大象，并雇了一个向导。9点整，他们坐着大象，离

开克尔比，抄近路进入茂密的棕树林。

晚上8点，他们越过文迪亚山脉。当夜，他们就歇在山坡上的一座破烂小屋里。第二天上午6点，他们再次出发。下午，在茂密的森林里，他们遇到了一支送葬队伍。

他们藏身在灌木丛里，偷偷注视着这群奇装异服的人。有几个人正拉着一个跟跟跄跄的女人往前走，后面有人抬着土王的尸体。队伍走过之后，向导跟他们讲解印度风俗：这个女人将于明天天亮时在庇拉吉庙被烧死殉葬。

向导讲完，从丛林深处牵出大象准备出发，福克先生却决定去救那个女人。

向导说，这个女人叫艾娥达，是印度有名的美女，受过地道的英式教育，很有修养。后来被迫嫁给老土王，婚后三个月就成了寡妇。

一直到深夜，他们都没有找到救人的机会。这时，路路通想出了一个主意——偷偷藏进火葬坛。第二天一早，火葬坛被点燃后，他猛地站起来，像幽灵一样抱着艾娥达走下火葬坛。在弥漫的烟雾中，人们以为是土王复活，都吓坏了，跪在地上动也不敢动。于是，路路通一行趁机逃跑了。人们发现被骗的时候，已经追不上他们了。

大象在向导的驾驭下，在森林中疾行。上午 10 点整，阿拉哈巴德到了，福克如数支付了向导的工资，并将大象送给他，作为对他忠诚的报答。

在福克先生一行人再次登上火车的时候，艾娥达完全清醒了。福克先生决定送她去香港，等事情平息之后再回印度。艾娥达感激地接受了这个建议，正好她有一个亲戚住在香港。

法兰西斯中途与他们分手告别。火车在 10 月 25 日上午 8 点整到达加尔各答，一切按照福克先生的时间表进行着，不早不晚。

福克先生刚走出车站，就被警察拦住了。原来这是之前路路通在孟买神庙闯下的祸。他们被控告亵渎神灵。

认罪之后，法官判决禁闭路路通十五日并处罚金三百英镑，禁闭福克先生八日并处罚金一百五十英镑。毫无疑问，这是费克斯侦探搞的鬼，他坐在角落里，心里非常高兴，禁闭的时间足够伦敦的拘票寄来了。但是他的好心情只维持了一会儿，只听福克先生站起来说愿意缴纳保证金。

福克先生在缴纳了两千英镑的保证金之后，带着路路通和艾娥达赶上了去香港的"仰光"号轮船。费克斯气得直跺脚。

在接下来的日子，艾娥达对福克先生有了更进一步的了解。福克先生虽然表面上冷冰冰的，但什么都为艾娥达准备得妥妥当当，他在严格地履行着一种责任。

路路通对艾娥达说了福克先生环球旅行的事。艾娥达听后笑了，她坚定地认为，自己的救命恩人一定不会输。

费克斯也上了船，他把全部希望都寄托在香港。费克斯为了把事情办得更稳妥，决定先去探探路路通的口风，看看能不能问到什么有价值的线索。费克斯走上甲板，装作不期而遇的样子跟路路通打招呼。

路路通觉得这真是一件怪事，为什么总能遇到费克斯先生呢？他很快就想出了一个合情合理的解释：费克斯是改良俱乐部会友们派来刺探消息的。

费克斯发现路路通最近总是一副好像什么都知道了的样子，怀疑自己被识破了。纠结了几天，他决定直截了当地面对路路通，如果路路通跟盗窃案没关系，没准儿还能帮助自己。

一天晚上，天气突然变坏，海上翻卷着巨浪，"仰光"号放慢了前进速度。福克先生依然很淡定，但路路通急得不得了，他担心赶不上11月6日早晨从香港开往日本的客船。

最终，"仰光"号迟了二十四小时，在11月6日下午1点才到达香港。福克先生的运气真好，本该已经开往日本横滨的"卡尔纳蒂克"号客轮因为维修锅炉，开船时间改到了7日。

　　这样一来，福克先生还有十六个小时的时间来安顿艾娥达。他先替艾娥达订了一个房间，并体贴地留下路路通照顾她。安排好一切，福克先生出门寻找艾娥达所说的那位亲戚。他找到交易所，一位经纪人告诉他，那位先生两年前就离开了，大概搬到荷兰去了。

　　艾娥达知道后很伤心，不知怎么办才好，福克先生只好带着她去欧洲，并吩咐路路通去订三张船票。

　　在买票的途中，路路通看见费克斯正独自在河边徘

徊。费克斯的运气可不怎么样，还是没有收到拘票。他们一同走进售票处，售票员告诉他们："卡尔纳蒂克"号已经修好，开船时间提前到今天晚上8点。

费克斯想跟路路通谈谈，于是邀请他去路边的酒馆。费克斯将他认为的真相告诉了路路通，说福克先生是一个偷走了五万五千英镑的窃贼，并且承诺，只要路路通能将福克先生拖到拘票寄来，他愿意将奖金分路路通一半。

路路通根本不相信费克斯的话，坚信福克先生是一个正派的人。费克斯见劝不动路路通，便偷偷在他的烟里放了鸦片。路路通很快就晕倒了，这样就没有人通知福克先生提早开船的消息。

路路通一直没有回旅馆，福克先生以为第二天在码头上一定会见到路路通。可是当他按时赶到码头，不仅没有见到路路通，而且还得知"卡尔纳蒂克"号已经开走了。可他脸上一点儿失望的表情也没有，他认为港口一定还有别的船。

又一次让费克斯失望了，福克先生找到一条从香港开往上海的"唐卡德尔"号机帆船。而他本来计划在横滨乘坐的那艘开往旧金山的"格兰特将军"号，正是先从上海出发，再途经横滨，时间刚好来得及。

福克先生先去警局和领事馆将路路通的外貌特征做了登记，并留下一笔足够他回国的旅费，然后带着艾娥达上了船。当然，愤怒的费克斯也上了"唐卡德尔"号。

"唐卡德尔"号开进中国福建海域的时候，汹涌的海浪阻碍了它的进程。海面上一片昏暗，暴风雨就要来了。福克先生不止一次跑到艾娥达跟前，安慰她，保护她。

这场暴风雨耽误了很长时间，在距离上海还有三海里的时候，他们看见"格兰特将军"号准时从上海起航了。

"发求救信号！"福克镇定地说。

一门求救铜炮发出惊人的轰鸣，成功引来"格兰特将军"号。福克带着艾娥达，还有费克斯一起登上了"格兰特将军"号。

　　此时的路路通正在"卡尔纳蒂克"号上，那天他昏昏沉沉挣扎着赶上了船。发现福克先生不在船上，路路通惊恐万状，悔恨极了，同时也非常生费克斯的气。

　　11月13日，"卡尔纳蒂克"号驶进横滨港口，路路通无精打采地下了船。身无分文的他，将西装拿去换了一套日本旧衣服，用找回来的钱饱餐了一顿。

　　把肚子填饱后，路路通决定尽快想办法离开日本。他打算先到旧金山，再决定下一步怎么办。路路通不是一个优柔寡断的人，立即向横滨港口走去。

　　在去港口的路上，路路通发现了一个即将到美国演出的马戏团。他走进马戏棚，见过马戏团经理之后，得到了一个扮演小丑的工作。

　　这是马戏团在去美国之前的最后一场演出。路路通戴着将近两米长的假鼻子，在舞台上表演"叠罗汉"。突然，他看见了观众席上的福克先生，兴奋地飞奔而去，害得表演人员纷纷倒地。

福克先生是 11 月 14 日早晨到达横滨的。他先是找到"卡尔纳蒂克"号，得知路路通已经到了横滨，于是利用起航前的几个小时寻找路路通。在一无所获的情况下，他鬼使神差地走进马戏棚，居然碰到了路路通。下午 6 点 30 分，他们再次登上"格兰特将军"号。

现在，艾娥达对福克先生已经不只是感激之情了，而对此，福克先生却一无所知。

"格兰特将军"号在 11 月 23 日越过子午线。这一天，路路通发现自己的表和船上的大钟走得完全一样了。但是他并不知道，他的表正好出现了十二个小时的误差。费克斯在横滨终于等到了拘票，但是已经离开英国地盘，拘票不能用了。

12 月 3 日，"格兰特将军"号开进金门港，到达了旧金山。到这时为止，福克先生的行程一天也没有推迟，但也没有提前。

福克先生一下船就打听到下一班开往纽约的火车是下

午6点出发。他雇了一辆马车，向国际饭店驶去。他们在国际饭店豪华的餐厅里饱饱地吃了一顿。饭后，艾娥达陪着福克先生去英国领事馆办理护照签证手续。

在蒙哥马利大街上，他们遇到了群众选举大会。在混乱的人群中，为了保护艾娥达，福克先生差点儿挨了一个叫作普洛克托上校的拳头。他们两个就这样结下了梁子。

福克先生和艾娥达办完签证手续，直接回到饭店。路路通已经等候在门口。听说这段铁路线上有人抢劫，他买了六七支手枪防身。

下午5点45分，他们到了车站，开始向纽约进发。

福克先生一行坐在加长的车厢里，过道上有小贩来往售卖书报、食品和雪茄，生意颇为兴隆。路路通就坐在费克斯旁边，保持着高度警惕。只要这位老兄有一点儿可疑的举动，他就准备立刻掐死他。

下午快3点的时候，很多野牛出现在前面的路轨上，火车只好停下来等候牛群通过。路路通恨不得对着牛群开枪射击。足足等了三个小时，火车才重新启动。

火车驶入犹他州大盐湖区域，这里是摩门教徒的世外桃源。路路通对摩门教一无所知，所以在火车上参加了一次摩门传教士组织的布道会。

下午2点整，旅客们在奥格登下了火车，火车要到6点才能继续行驶。这样，福克先生和他的同伴就有时间去游览一下这座美国城市。奥格登建筑在山峦之间，这里教堂极少，有名的建筑物只有摩门先知故居、法院和兵工厂。

接近4点，他们回到车厢，等待火车启动。

下午6点整，火车离开奥格登车站继续北上，福克先生和他的同伴们开始玩牌。他看着手里的牌，正要打出一张黑桃的时候，听见后边有个人说应该打方块。这个人正是普洛克托上校。他们两个同时认出了对方。福克先生不能容忍普洛克托上校的一再挑衅，打算和他决斗。

列车员给他们腾出一节车厢，福克先生和普洛克托上校各带两把六轮手枪，走了进去。车上的汽笛一响，他们就会开始射击，只有赢的人才能活着走出车厢。人们正在紧张地等待汽笛声响的时候，突然从最前面的车厢传来了枪声和惊恐的喊叫声，原来一群西乌人正在袭击火车。决斗被迫终止。

西乌人冲上火车将司机打昏，火车像脱缰的野马一样向前冲去。旅客们拼命抵抗，有些车厢已经变成了防御工事。艾娥达表现得非常勇敢，拿着手枪毫不畏惧地向敌人

射击。福克先生也在和列车员并肩作战。

路路通避开西乌人的视线，巧妙地爬到第一节车厢，准备松开车厢之间的挂钩，但只靠他一个人的力量，是无法拔出铁栓的。突然，火车一阵抖动，铁栓被震了出来。脱离了车头，后面的车厢慢慢减速，在离兵营不远的地方停了下来。

士兵们听到枪声，立即赶来，而西乌人在他们到达之前就逃之夭夭了。

大家在站台上清点人数，发现少了三个人，其中就包括路路通。

福克先生决定无论如何也要把路路通找回来，虽然这个决定很可能导致他输掉赌局。他向兵营借了三十名士兵，承诺如果把人救回来，就给他们一千英镑作为奖赏。在艾娥达看来，福克先生简直就是一个英雄。

下午快2点的时候，被袭击的列车开了回来。一些受伤的旅客，包括伤势很重的普洛克托上校都上车离开了。费克斯犹豫了半天，最终还是决定留下来。

第二天上午7点整，福克先生带着从西乌人手里救出来的路路通和另外两个旅客回来了。人们大声欢呼着迎接他们，艾娥达紧握着福克先生的手，激动得说不出话来。

此时，福克先生已经耽搁了二十个小时。费克斯提出了一个建议——坐雪橇赶到四通八达的奥马哈车站，那里有很多班火车。运气好的话，兴许可以及时赶到纽约。

不一会儿，福克先生租到了一个带风帆的雪橇。下午1点整，他们到达奥马哈车站，正好赶上一班开往芝加哥的直达列车。到了芝加哥，他们又立即跳上一列开往纽约的火车。

12月11日晚上11点整，他们终于赶到了纽约。但是，开往利物浦的"中国"号已经开走了。

路路通很自责，一想到福克先生可能因此而破产，他就忍不住把自己大骂一通。但是，福克先生一点儿也没有责备他。他们找了一家旅馆，这一夜，福克先生睡得很

香，但艾娥达和另外两个人却是心事重重，没有睡着。

第二天，福克先生吩咐路路通在饭店等候，准备随时动身，然后独自离开旅馆。他来到河岸，仔细地寻找即将离港的轮船。

最后，他终于找到了一艘带有轮机设备的商船，这艘船正好能满足他的要求。不过，船长不同意送他们去利物浦，只同意顺路将他们捎到波尔多。上午9点整，福克先生带着艾娥达和路路通，当然还有费克斯，登上了这艘"亨利埃塔"号。

上船之后，福克先生用金钱收买了所有的船员，把斯皮蒂船长关进船长室，夺下"亨利埃塔"号，向利物浦驶去。

12月18日，"亨利埃塔"号上的煤烧光了，福克先生不得已让路路通把斯皮蒂船长请来。面对气急败坏的船长，福克先生高价买下"亨利埃塔"号，成功地让斯皮蒂忘掉了自己的愤怒。

福克先生命令船员们将船上所有不必要的东西都劈碎烧锅炉。

12月20日，"亨利埃塔"号趁着满潮开进昆斯敦港口。福克先生一行继续乘火车再转轮船，终于在12月21日中午到达利物浦码头。就在这个时候，费克斯拿出拘票，拘捕了福克先生。

福克先生被关进利物浦海关大楼的一间屋子里，等待明天押往伦敦。

下午2点33分，外面一阵喧哗，接着传来开门的声音。艾娥达、路路通和费克斯朝福克先生跑过来。

"先生，请您原谅……这个盗贼长得太像您了……这个家伙在三天之前被捕了。"费克斯上气不接下气地说。

福克先生走到费克斯面前，狠狠地打了他两拳。费克斯被打倒在地，一句话也没有说，这是他自作自受。

福克先生、艾娥达和路路通离开海关，赶到车站。3点整，他们坐上了开往伦敦的火车。但是，当这位绅士到达伦敦时，伦敦市所有的大钟都指向了晚上8点50分。

福克先生完成了他的环球之旅，但是美中不足，迟到了五分钟。

福克先生离开车站直接回家，这位绅士仍然和往常一样不动声色。路路通时刻注意着主人，担心会发生什么不幸。

第二天，福克先生一直待在自己的房间。

晚上将近7点30分时，福克先生叫路路通去请艾娥达。福克先生请求艾娥达接受他仅剩的一点儿财产，作为今后的生活费用，而他自己已经什么都不需要了。

"您愿不愿意娶我做您的妻子？"艾娥达鼓起勇气问福克先生。

听了这句话，福克先生的眼睛里闪出一种非同寻常的光彩。原来，在旅途中两个人就深深爱上了对方。他们决定第二天结婚。

晚上8点5分，路路通兴奋地跑到教堂去请神父。

12月21日晚上，伦敦宝马尔大街和附近几条大街上都挤满了人。福克先生的五位会友早晨9点就在改良俱乐部大厅里聚齐，焦虑地等待着。

晚上8点44分57秒，他们几乎肯定自己赢了。这时，大厅的门开了，一群狂热的人簇拥着福克先生冲进了大厅。

"亲爱的朋友们，我回来了。"福克先生沉静的声音响了起来。

原来，由于福克先生旅行的方向是一直往东，每当他走过一条经线，就会提前四分钟看到日出。整个地球一共有三百六十条经线，他正好提前了二十四个小时。他到达伦敦的准确日期应该是12月20日。

路路通在邀请神父的时候得知了真实日期，飞快地赶回家，发疯似的拽着福克先生往改良俱乐部跑，终于准时赶到了。

福克先生赢了两万英镑，扣掉旅行中的花销，最后只剩一千英镑。他将这一千英镑送给了路路通和倒霉的费克斯。

四十八小时之后，福克先生和艾娥达的婚礼隆重举行，而证婚人由路路通充当。

斐利亚·福克就是这样用八十天环游了地球，不仅赢了赌局，同时也得到了一位美丽善良的妻子。

罗曼·卡布里历险记

　　我的家乡在临近英属小岛的狄安港，祖上世代都是渔民，我爷爷有十一个孩子，爸爸是最小的。干渔民这一行很辛苦，危险性也大，挣钱基本靠碰运气。因此，爸爸十八岁就加入了海军。这对一个渔民之家来说，是件值得庆幸的事。

　　在爸爸从部队回来后的第十五个月，我来到了这个世界。那是星期五，一个月光皎洁的夜晚。我的生辰按当地的说法，凶险将一直伴随着我，这个预言在我以后的经历中一一得到了验证。

　　我们卡布里家族向来有冒险的天性，所以爸爸在我两三岁时又再次登船服役了。我所能记得的就是妈妈经常在等候邮局送来的信件，以及在蜡烛前祈祷他平安。

　　在我十岁的时候，爸爸终于服役期满回来了，从此我就成了他身边最忠实的听众，不厌其烦地听他讲述自己航海的经历。我最爱听的是关于叔公的事情，他是一个愿意为印度贝拉尔国王去战斗的法国人。在一次抗击英军入侵的战斗中，由于他的英勇善战拯救了整个印度军队。在另一次战斗中，他失去了一只胳膊。在贝拉尔王朝的鼎盛时期，人们经常可以在国王身边看到这位传奇的外国银臂将军。

　　爸爸去加尔各答拜会叔公，受到了高规格的款待。我后来能有稳定的生活也要感谢这位英勇无畏的叔公。

　　爸爸每次讲起叔公都显得很兴奋，我的思绪也会随之飞向那个硝烟弥漫的战场，仿佛那条飞舞的银臂在我头上盘旋。

但是不知道为什么，每当这时妈妈就总显得忧心忡忡！

然而，爸爸在家的欢乐时光并没有持续多久。他回家的三个月后，天气开始变坏，狂风暴雨打破了海上的平静。此时正是渔民大批返航的时候，经常有渔船失事的消息传来。

一天，我和爸爸正在修理屋顶，忽然发现远处的天边有个极小的白点。

"那是求救的三角信号旗，肯定有船出事了。"爸爸十分着急。

我们来到镇上，这里已经聚集了很多人，原来是镇上最有钱的勒厄兄弟的船由于风浪太大进不了港。

"需要一个领港的人！可要出得了港才行啊！"人们议论纷纷。

"谁能领船进港，我每吨给他20个苏！"这时，船主大勒厄赶来了，近似喊叫地对周围的人说。

但无人应答。浪涛拍打着海堤，乌云压在水面上，等下去的结果，只能是船毁人亡。

"每吨40个苏……我那可是30万法郎的货物啊！"大勒厄已经气急败坏了。

"给我一艘快艇。"爸爸不知什么时候从我身边走到了前面。

"我说话算数，每吨给你20个苏。"大勒厄转动着眼珠说道。

"我们可不是为了你的钱才去的。"旁边一位很有经验的乌萨尔大爷接口道。

大勒厄找来了一艘全镇最好的快艇，我的一位表哥愿意做领港人。

"我的孩子，告诉妈妈，说我吻她。"出海前爸爸搂住了我，说。

快艇绕过海堤，很快与帆船会合。几乎是在同时，两船之间拉上了绳索，但由于风力太大，还是无法随快艇进港。后来经过多番努力，帆船终于回到了港口。然而快艇却绳索脱扣，消失在汹涌的波涛里。

我仿佛看见被吞没的快艇飞舞在浪尖，仿佛看见船上的爸爸和表哥神情自若地抛着锚。妈妈来了，失声痛哭起来。

两天后我们找到了爸爸伤痕累累的尸体，而表哥则永远地消失在了大海中。

吃饭时爸爸的座位空着，我从没有像现在这样感觉到

胆怯和忧郁!

幸好家里还有一小块儿土地,妈妈是个出色的熨衣妇,有一些老主顾。船主勒厄兄弟每半个月给妈妈一份洗衣服的活,算是对我家的一点帮助,确切地说是他们所谓的全部补偿。

我和妈妈艰难度日。我虽然已经上了学,但还是常常逃学去海边,等待潮水退去,在沙滩上寻找螃蟹,并乐此不疲。

一天,我趁着退潮去海滩,在海滩上寻觅螃蟹,忽然有人叫住我:"你是卡布里的儿子吗?"

由于逃学我心里慌慌的,抬头一看,是一位老爷爷。我认识他,我们都尊称他为"星期日",因为他的仆人叫星期六。老爷爷的名字叫德·皮奥莱尔。他生性善良、性格倔强,平时总打着一把大雨伞,加上离群索居在岛子上,所以乡民都认为他是个怪老头。

"是的。"我自豪地回答说。

他指着我脚下的水草和贝壳问我它们的名称。我看着眼熟但却都答不上来。

"大海不只是冷酷残暴，它还像母亲一样哺育着我们。"他有些烦躁，然后又指着一个有淡黄色花瓣的植物说，"它是水草还是动物？你仔细观察就可以看到它在蠕动。"他将一只海虾放进花瓣，海虾瞬间就被吞噬了！

我惊讶不已，既是对这位似乎无所不知的德·皮奥莱尔，更是对那充满神秘的大海。

我们走了一阵，海岸消失在薄雾里，天空变得更加昏暗。薄雾仿佛升起的轻烟，迅速笼罩了整个海岸，瞬间我们便融入到烟雾中。

"我们应该回去了，要不肯定会迷路的。"德·皮奥莱尔对我说。

可是海岸在哪里呢？完全看不见了。我们凭直觉又走了一会儿，被一片礁石挡住去路，如果是晴天可以利用礁石辨别方向，可现在不行。

突然，传来了水流声，我们终于找到了方向。

我走在前面，不时俯下身试探水流的走向，就这样我们回到了来时的地方。

临别时，他说明晚要去看望我的母亲。

第二天，他真的来了。

"卡布里太太，你有一个值得骄傲的孩子。他昨天救了我的命，他身上藏着和他爸爸一样的勇气与智慧，但需要有人发掘。你做不到，请把他交给我吧！"他态度诚恳地对妈妈说。

妈妈抱紧我，含着眼泪说德·皮奥莱尔先生的话是对的。我没想到妈妈会如此轻信这个怪老头，而我也因此来到了德·皮奥莱尔居住的小岛。

这个小岛在德·皮奥莱尔和星期六的打造下已经变成了一个野生动植物园。他们在岛上养奶牛、种蔬菜，星期六钓鱼。他们还有个小磨坊，可以自己磨面粉。

我也加入到他们的队伍，过起了自给自足的生活。

德·皮奥莱尔有一本百科全书，我没事时就读它。我还常听星期六讲述他在海上漂泊的生活。就这样我学到了很多书本上的知识和书本上没有的经验。

德·皮奥莱尔为我编织了很多梦想。

一天，德·皮奥莱尔像往常一样出去散步，可吃晚饭时还不见他回来。星期六感到很不安，让我去床上睡觉，他自己举着火把等待德·皮奥莱尔归来。

第二天潮水退去后，星期六在海岸边寻找，但一无所获。德·皮奥莱尔肯定是出事了。

半个月过去了，德·皮奥莱尔的侄孙，也是他唯一的血缘亲戚来到小岛。他雇人连续找了三天，最终宣布打捞和搜寻一无所获。

他的侄孙通知我和星期六，说这个岛子已经没有必要继续留人了，要变卖牲口和岛上的设施。

星期六很难过，依然坚持每天去海边搜寻，而我则带着德·皮奥莱尔和我的梦想回到了妈妈身边。

为给我找条出路，妈妈写信求助我的一位本家叔叔西蒙。他有公职，是当地少有的有钱人。

一个月后，西蒙叔叔来了。

"我没有给你们回信，因为挣钱不容易，不能把钱浪费在邮局。我终于等来了机会，搭了一辆顺风车，只花了12个苏就到了狄安港。"他一见面就说。

　　妈妈诉说了我们的处境，然后对叔叔说："他爸爸服过兵役，罗曼·卡布里为此可以上免费中学，但跑各种手续对我来说真是太难了！"

　　西蒙叔叔想了想说："我认为可以让勒厄兄弟来负担学费。"

　　他带我去见勒厄兄弟，但是小勒厄强词夺理，坚决不肯支付答应父亲的费用。

　　"完全正确。"大勒厄也随声附和。

　　"你们……"我本以为叔叔会与他们争辩，结果叔叔却把我领出了勒厄家。

　　"这就是你的榜样，要懂得说不，懂得如何守住财产！"西蒙叔叔对我说。

　　叔叔和妈妈最后商定，我先去他那里给他白做五年的工。妈妈尽管非常想让我上学，但现在也只好这样了。分手时妈妈哭得很厉害，但叔叔的大手还是生生地把我们分开了。

走了一天的路，叔叔根本不提吃饭的事，我只好忍着饥饿，带着思念妈妈的忧伤来到了多尔城。叔叔打开锁着的三道铁门，进屋之后又一道道锁好，领着我在黑暗中穿过两个房间。

"我给你生火好吗?"我对他说。

"我们需要马上吃饭睡觉。"他随手拿出一个面包，切下两片，抹了点儿乳酪，一片给我，一片放在桌子上，然后又把剩下的面包锁起来。

这可能就是晚餐了，我细细地咀嚼着。

我睡觉的房间很宽敞，里面摆满了镜框、绘画、刀剑、盔甲等物件。原来，叔叔很小就离开了狄安港，后来做起古董生意，靠低买高卖成了有钱人。

我的工作就是抄写文字，每天都要抄写十四小时以上。早晨，叔叔会把面包分好，他的那份总是锁上。我试图多争取一些，但叔叔总是罗列一堆数据，证明一个成人吃这些已经足够了。我也就不好再说什么，不得不花掉临

行前妈妈给我的零用钱来买面包填饱肚子。

邻居有一只叫巴多的狗，我们很快成了好朋友。我用它毛茸茸的身体取暖，还会钻进笼子偷食它懒得吃的肥肉和肉汤。

我经常想起银臂叔公，已经厌倦了这种无聊、饥饿的生活。

一天，一个为叔叔装修房子的泥水匠来结算工钱。

"是你呀，拉法兰师傅，有事吗？"叔叔热情地和他打招呼。

"我是来结账的。我明天要还钱给别人，而且我妻子的病很重，急需用钱。"拉法兰师傅说。

"我也想早点儿结账啊，可是我现在一点儿钱都没有，要是有钱我肯定会付的。"叔叔慢条斯理地说。

"明明有钱啊！"我拉开抽屉拿出一叠钞票，他们两个人都伸手来夺。

叔叔从桌底踢了我一脚，我差点趴在桌子上。

"拉法兰先生，这三千法郎可以给你，不过咱们就两清了。"叔叔生气地说道。

"应该是四千啊！"泥水匠焦急地说。

经过一番争执，泥水匠最终还是无奈地拿着三千法郎走了。

叔叔很友好地一直把他送到门外。随着一声门响，我被他的耳光打倒在地上。

我必须离开这里，我要去找妈妈，但我和叔叔是有五年契约的。

周六清早，叔叔去了新房子。看他出了门，我立刻把一张鳄鱼皮撑起来放进被窝，收拾好有用之物，一溜烟儿地跑了出去。等到周一早晨，他一定会认为我被鳄鱼吞进肚子里了。可惜我看不见他惊愕的样子啦！

我害怕西蒙叔叔会拿着契约去找妈妈的麻烦。如果我不在家，他就拿妈妈没有办法了，所以我决定不回家，只在远处偷偷地看妈妈一眼。

我本以为可以弄到些野果充饥，但却大失所望，直到饿得几乎走不动的时候才遇到了一片草莓地。

我终于回到了家，但只能在远处看看妈妈。我是多么渴望留在妈妈的身边啊！

最后，我噙着泪离开了妈妈。

我躲避着狄安港的熟人，一路小跑奔向海港。路过一个村庄，我用草莓换来的钱买了火柴、麻线和小铁锅。用麻线织渔网对海边长大的我来说是轻而易举的事。

饿的时候，我就到海边捞海虾，然后把铁锅架到柴草上，用海水煮虾吃。对于长途跋涉的我来说，这已经算是美餐了。

一天，我捞完海虾，想找地方去煮，一位太太叫住了我："你的虾卖吗？"她身后还跟着两个长着满头金发的小女孩儿。

"我不是渔民。但如果你需要，可以给我10个苏，虾你拿走。"

"你太不了解行情了，这些最少也值40个苏。"她把40

个苏塞给我。

等她走后，我乐得在沙滩上跳起舞来。

我找了个小饭馆饱餐一顿。我狼吞虎咽的样子，引来了老板的一番嘲笑。

我穿过村庄，美美地睡了一觉。在我似醒非醒的时候，突然听到了一个柔和的声音。我第一个反应是机警地察看四周，看看如何逃跑。

"小朋友，你构成了一幅优美的风景画。如果你愿意保持原样，我可以付给你10个苏。"如此柔和的声音让我无法拒绝，我继续保持着原来的姿势。

他是一个高个子青年，膝盖上放着画夹，看上去像是世界上最和善可亲的人。

"你这么小，怎么会一个人在荒山野岭露宿呢？这个铁锅你是用来煮饭的吗？"一连串亲切的发问，使我和盘托出了自己的遭遇和今后的打算。

"我也正想去港口，但没有那么急。如果你愿意的话，可以和我一起去，我可以供你吃住，只要你能忍受我在中意的地方停下来画画。"画家说。

我简直不敢相信自己的耳朵。他有一种天生的吸引力，使我无法拒绝，只能拼命地点头。

"但我们现在要做的，是给你妈妈写信，告诉她你的遭遇，告诉她你遇见了一个叫吕布安·阿代尔的画家，要同他一起去港口，他会把你托付给一个信得过的船长朋友。"画

家继续说。

我含着泪水给妈妈写信，心情也好了许多。

这是我度过的最开心愉快的一段时光，不愁吃住，他画画，我欣赏美景。煮蛋、捞虾、分面包、切火腿都成了乐趣。

一天清早，在镇子附近，一个模样可笑的宪兵向我们走来。出于本能，画家勾勒了宪兵的轮廓。宪兵发现画家在观察他，便立刻扶正军帽，握紧佩刀，昂首阔步，一副不可侵犯的样子。

"请把证件给我看一下。你们干吗这么盯着我？"宪兵上前问道。

"您也可以好好地看看我们，这样就扯平啦！"画家机智地回答说。

"像你们这种整天游逛的人我见多了，查验证件是我的职责。"他义正词严。

"小伙子，那就把我的证件给这位大人看看吧！"画家对我说。

慌乱中，宪兵竟把证件上职业栏里的画家读成了"花架"。

"花架是做什么的啊？"画家打趣道。

"这还用问吗，肯定是你的职业啦！难道还用我来解释你是做什么的吗？"宪兵不耐烦地说。

"我的职业是画家，不是花架。"画家说。

"你竟敢刁难长官。走，跟我走一趟。"宪兵觉得受到了侮辱，红着脸气急败坏地说。

画家一副若无其事的样子，边走边唱。

我拿定主意，决定逃跑，否则我肯定会被扭送到西蒙叔叔那里去。

我故意放慢脚步，和他们拉开一段距离。路边正好有一个小沟，我纵身跳了过去。等宪兵反应过来，我已经进入了树林。我高声喊着："画家叔叔，保重！"

我拼命地奔跑，不管后面是否有人追我，任凭树枝刮疼我的脸。

突然，我一脚踏空，跌进了一个长满野草的谷底。四周一片漆黑，沙子从上面落下，我像一只被猎获的动物，蜷缩在荒草中。

我开始考虑自己的处境。昨天替画家买烟，还剩了点儿钱，加上我自己的，目前这些钱还够用。我费了很大劲，终于爬了上去，然后靠在一棵树下睡着了。

后来，几只可恶的蚂蚁把我咬醒。我觉得身上痒痒的，手指头上也出血了。我沿路往前走，看见了一条小河，便迫不及待地脱光衣服，钻进水里。

在水里待了一会儿，身上终于不痒了。

这时，一个人出现了，他大声喊道："你这个强盗，又来了。这次你去市政府取衣服吧！"说话的人底气十足。

"市政府，那不是宪兵待的地方吗？"我光溜溜地浮在水里想。

拿我衣服的是个矮胖的男人，他满面怒色，正对我比画着拳头。

"去市政府找我吧，你可以对市长解释。"矮胖男人弯下腰，把我的衣服卷好，然后就在我的视线里消失了。

我游到岸边，赤身裸体地站在河滩上。如何见人呢？我真不敢想象。

太阳快要落山了，由远而近传来一阵车轱辘声。接着，是狮吼和牛叫声。

听见有人说话，我把头藏进乱草中，偷偷张望。我原以为说话的是大人，后来才发现是和我差不多大的几个孩子。我鼓足勇气对他们说："如果你们愿意……"

他们看到我露在外面的头，现出惊恐的神色。

"是个水怪。不会说话肯定是野人。卡布里奥勒，快来啊，有个野人！"他们叫喊着冲过来。

后来，三个孩子发现光溜溜的我，咯咯笑个不停，早已没了恐惧。

我忍着羞臊，大着胆子向他们讲述了我的遭遇。卡布里奥勒给我找来一件短衫和一条裤子，把我领到一辆大车前。我看见一个干瘪的矮个子和一个看上去就叫人害怕的胖女人。

我复述了我的遭遇。矮个子问我是否会乐器，我说什么都不会。胖女人说我长相一般，让我喂马。

我就这样成了拉波拉德伯爵马戏班中的一员，尽管只是个马倌。

拉波拉德就是这个干瘪的矮个子，他确实是一位伯爵，在经历了一段时间的堕落之后，毅然娶了在巴黎颇有名气的那个胖女人。他们婚后买了一批珍贵的野兽，成立了当时很有名气的马戏班。后来，拉波拉德酗酒成性、不务正业，加上好几匹珍贵的野兽死掉了，马戏班就成了现在的样子。

马戏班的成员，除了小丑卡布里奥勒和那两个小男孩儿外，还有个吹乐器的赫尔曼和一个十一二岁、外表纤弱、神经兮兮、眼睛大大的小女孩儿迪埃莱特。

我很荣幸能和他们同桌用餐。

晚饭后，大家一一展示技艺，我也利索地跳过一条很宽的水沟，班主说我以后肯定能在杂技方面有所成就。

马戏班有三辆大篷车，第一辆是班主夫妇的住房，第二辆是装载野兽的，第三辆才是员工宿舍。由于没有床位，我只好在车底下铺两捆稻草过夜。

晚上，第二辆车上不时发出狮子的喘息声，我想它一定是在思念着非洲的大草原。

白天在镇上演出，迪埃莱特跳滑稽舞，那两个小男孩儿一身红色，而我则扮演满脸笑容的黑奴。

随着剧情的发展，卡布里奥勒托起我的下巴，将雪茄烟塞进我的嘴里。

雪茄烟把我呛迷糊了，以至于我忘记了给迪埃莱特打开狮笼。

"黑小子，快打开啊！"迪埃莱特焦急地说。

笼子打开了，迪埃莱特走了进去，但狮子没有动弹。

她试图将狮子拎起，但狮子只是抬了一下头。她只好用鞭子抽打它，狮子猛地站起身，发出一声吼叫。我吓坏了，加上雪茄烟的作用，一头栽到地上。

拉波拉德很善于处理这种意外，马上大声说："瞧，狮子有多凶猛，连小孩子都能吓晕！"

伴随着阵阵狮吼，观众报以热烈的喝彩声。

这时，迪埃莱特拉了拉我，递上一杯糖水。我望着她的眼睛，心里感到非常温暖。

经过此事，我决定离开马戏班，直接去海港。

逃跑对我来说已经习以为常了，我可以在别人毫无察觉的情况下，做好出逃的一切准备。

在逃跑的前一天晚上，迪埃莱特忽然对我说："你想逃走吧，我注意你一个星期了。不过你不要害怕，只要你带上我。"

我诧异地望着她，听她讲述自己的身世：

我爸爸早就死了，妈妈是个饰品商，住在巴黎中央菜市场附近。她有一头漂亮的金色长发，总是搂着我和哥哥。

一次，我出去散步，遇见了马戏班，便去看长脚怪人和经过训练的海豹。不知为什么，我睡着了。醒来时，一个男人出现在我身边。我吵着要回家，他便让我跟他走。

我跟着他走了很久，终于看见了灯光。一辆马戏班的大篷车停在那里，我们钻进其中一辆，一个独腿女人正在喝酒，他们嘀嘀咕咕了一阵。我再也忍不住了，问他们我妈妈在哪儿。

"你乖乖地吃饭睡觉，明早她就来了。"独腿女人说。我非常害怕，但看着锅里的豌豆还是听从了他们的意见。

第二天醒来时，大篷车开始颠簸前行，我没有见到妈妈，开始号啕大哭。这时马车停下来，那个男人把我拖下车，夹在两腿之间，使劲抓住我的胳膊，使我动弹不得。独腿女人抬起我的头，用剪刀剪去我脸上的红痣。我拼命地撕咬，任凭血流进我的嘴里。

他们骗我说妈妈已经死了，使用各种方法让我屈服。我最终也没有屈服，一有机会就逃跑。

我和他们去过很多国家，后来回到法国，才被卖给了拉波拉德马戏班。

当初，马戏班有三头狮子，最凶猛的是鲁若。但它和我却相处得很好，每次送餐它都舔我的手。有一次，我练高空杂耍没练好，拉波拉德就用鞭子抽我，鲁若急了，将前爪伸出栅栏外，死死抓住拉波拉德不放。幸好身边人多，要不那次他死定了。可惜，后来鲁若病死了。

现在我只有你了，我相信你一定会带我逃离马戏班，去巴黎找妈妈。

听完迪埃莱特的悲惨遭遇，我决定带她走。

可惜我表演时腿受了伤，耽误了逃跑的时间。迪埃莱特无微不至地照顾我，盼我早日康复。

腿伤终于好了，拉波拉德也对我放松了监视。在一个漆黑的夜晚，我们逃离了马戏班。

"咱俩要互相帮助，生死都在一起，好吗？"迪埃莱特抓着我的手说。

"生死都在一起。"我重复道。

她把那盆每天浇灌的木犀草也带上了，准备将来送给她的妈妈。我们的目标就是去巴黎找她的妈妈。

星光下、羊圈里、空房子，总之，只要挡风的地方都可能成为我们的落脚点。我们偶尔也会在小旅馆住上一夜，但我们的钱毕竟有限，所以只有在极特殊的情况下才会这么做。

在经历了一场暴风雪之后，已经筋疲力尽的我们终于到了巴黎。可是迪埃莱特不知道妈妈的名字，而且巴黎中央菜市场也早已面目全非。她急得病倒了，幸好警察把她送到当地的教会医院。

这时，我看见路边有个滑冰的小孩儿，是我以前在马戏班时认识的。他也看见了我。看到我落寞的样子，他慷慨地说："我带你去吃饭。"

他把我领到一个采石场，那里很暖和。十几个拿着酒、火腿和面包的孩子立刻聚拢到我们身旁。

我实在饿坏了，便大口地吃了起来。

第二天，他对我说："以后你就跟着我吧，我会教你如何偷窃的。"

"原来你的食物和衣服是这么得来的！尽管我现在很落魄，但为了我们卡布里家族的尊严，我还不至于做贼！"我坚定地说。

我感谢他对我的招待，并保证不会去告发他，然后离开了这里，再次过上了流浪的生活。

上帝还算眷顾我，一位好心的夫人帮助了我，还帮我找到了一份抄写的工作。就这样，我在巴黎一直等到迪埃莱特痊愈。

医院里的好心人为我们募捐了回狄安港的路费，我们顺利地回到了家。

当知道我还要去海港时，迪埃莱特惆怅地问："你必须走吗？"

"是的，我要去做一名水手。放心，我妈妈会照顾你。"我说。

她死死地抓着我，但我必须要去完成我的梦想。

我终于找到了梦寐以求的海港。我想找一条法国船当水手，这才是我想要的。很快，一艘小巧的法国船迷住了我。我走上甲板，对船长说："先生，我想和您谈谈。"

他看了我一眼，让我赶紧走开，还用力挥了挥手。我尴尬地走下船，又找了几条，但都没有谈成功。我有些沮丧了。

　　我在栅栏前站了很久，忽然觉得有人在扯我的头发。我转过身去，竟然是马戏班的乐师赫尔曼。我慌忙打听伯爵的情况。

　　"你不用害怕。他继承了一大笔遗产，卖掉了所有动物，解散了马戏班，回巴黎当富翁去了。我现在要去厄瓜多尔投奔我的兄弟。"赫尔曼说。

　　了解了我的情况后，他决定带我上船。他在马戏班时就是个智多星，我相信他一定会有办法的。

　　他带我去吃了点儿东西，然后找来一个大木箱，戳了几个气孔，垫好箱底，放进一些面包，让我躲在里面。

　　经过和船长的一番讨价还价，我终于成功地上了船。

　　船驶进大海，我的海员生活就算开始了。

　　我昏昏沉沉地睡了一阵，忽然被一阵可怕的轰隆声惊醒。原来我们的船被一条英国船撞出了一个大口子，已经开始漏水下沉。

　　我拼命地呼喊赫尔曼，但始终不见他来救我。周围一片混乱，根本没人注意箱子里的声音。

只能靠自己了！我用随身带着的小刀割断捆箱子的绳索，费了九牛二虎之力拱开箱子盖。等我出来的时候，船上已经没有人了。

漏船载着我随风漂流。它好像找到了平衡，不再继续下沉了。

我必须要稳住它，直到获救为止，以前学的航海知识终于派上了用场。

我从船舱里找到吃的，又把大木箱子改造成一个木筏，以防万一。风越来越大，我几乎要绝望了，忽然发现陆地出现在前面。伴随着退潮，船搁浅了。

这件事很快在当地传开了，我成了英雄，船主也找到了我。原来出事后，一艘路过的英国船救了那些船员，只有可怜的赫尔曼掉进了大海。

我驾驶漏船成功返港的事迹，通过报纸被传得沸沸扬扬，甚至剧院老板也请我去演出，我足足赚了二百法郎。

　　我用钱买了水手应有的装备。那艘漏船的船长，答应让我去另一条船上做见习水手。

　　出海前，我租住房子的女房东，没有等到她的水手儿子回来就死掉了。我陷入了沉思。

　　我最终决定，还是回到妈妈的身边，毕竟西蒙叔叔不会吃了我。

　　我回到家，看见迪埃莱特正在晾衣服，妈妈也出现在门口。最令我意外的是，在海上失踪的德·皮奥莱尔竟然还活着。原来他靠着一块甲板得救了，后来随救他的船做了一次远航。

　　我不用再去做水手了。

　　我那位英雄的叔公给卡布里家族的每个人都留了一份丰厚的遗产。我用这笔遗产买了六条船。

　　迪埃莱特后来进了女子学校，再后来和我结婚，有了两个可爱的小宝宝。我相信她一定是一位善良的母亲。

　　德·皮奥莱尔如今九十二岁了，依然强壮有力。

　　我的那位西蒙叔叔自然也得到了一笔遗产。他认为赚穷人的那点儿高利贷不划算，就去做大宗投机生意。可惜天外有天，他遇到了更精明的对手，几年时间就变成了一个穷光蛋。

　　如今我负担他的日常生活费用，可他依然省出一些钱去做旧货买卖。

　　对于我的帮助，他总是说："你们这样浪费，肯定会变成穷人的，那时你们就会庆幸我还攒下一笔钱！"

昆 虫 记

　　人类第一次认识蜣螂，是在六七千年之前。古代埃及的农民在春天灌溉农田的时候，常常会看见一种肥肥胖胖、长着坚硬外壳的黑色昆虫辛苦地向后推着一个圆球似的东西。

　　古埃及的人们觉得这个圆球是地球的模型，而蜣螂的动作与天上星球的运转相合。他们觉得这种甲虫拥有如此多的天文知识，想必是很神圣的，所以叫它"圣甲虫"。他们还认为，甲虫在地上滚动的球体，里面装的是卵，小甲虫就是从那里出来的。但事实上，那仅仅是个食物储藏室而已，里面并没有卵。

这圆球并不是什么可口的食品。蜣螂的工作就是收集污物，尤其是粪便，这个球就是它非常仔细做成的。

做这个粪球可不容易。在蜣螂扁平头部的前端，长着六个齿状物，它们排列成半圆形，像一个弧形的钉耙，主要用于挖掘和切割。

蜣螂用这个钉耙抛开不需要的东西，收集挑选好的食物。它的弓形前腿非常坚固，也非常重要，外端有五根锯齿。如果要搬动一些大物体，蜣螂就会利用它的前腿。它左右转动带齿的前腿，非常用力地在地上扫出一块小小的地方，堆积需要的材料。

蜣螂的后腿细长，特别是最后的一对，形状略弯曲，前端还有尖儿。蜣螂用后腿将材料压在身下，搓动、旋转，使之成为一个圆球。开始的时候，这个小球只有核桃那么大，不久就长到小苹果那么大。我甚至见到过有些贪吃的家伙，把圆球做得跟拳头那么大。

圆球做成以后，必须搬到安全的地方。这样，蜣螂便开始了它的旅行。它用后腿抓紧圆球，用前腿倒着行走，头朝下，臀部向上，向后退着走。

正常来说，它应该挑选一条平坦或坡度小的路走，但事实并非如此，蜣螂总是走一些险峻的斜坡，挑战那些几乎不可能到达的地方。这大概是它们倒着走看不到路的缘故吧！

这个粪球，非常重。蜣螂一步步将粪球向斜坡上面推，万分留心。到了相当的高度，只要有一点儿不慎重的动作，所有的辛苦就全白费了。掉下来，爬上去，再掉下来，就再爬上去。

它就这样一次又一次地向上爬着，一点儿小问题就可能导致前功尽弃。一根草能把它绊倒，一块石头会让它失足。有时必须经过一二十次的努力，蜣螂才能成功把粪球推上去。有时直到它开始绝望，才会回头另寻平坦的路。

有时候我会想，如果不是那独特得令人无法忍受的食谱，它们可能很难竞争过其他动物。上天给了它们愚蠢的大脑，也给了它们没有竞争的食谱，这也许就是造物主的奇妙之处吧！

有的时候，蜣螂好像是一种善于合作的动物。

一只蜣螂把粪球做成，它便离开同类，把劳动成果向后推。一个将要开始工作的邻居，看到这种情况，会立刻丢下手中的工作，跑到这个滚动的球旁，"帮"球的主人推粪球。起初，人们看到这种行为通常会自惭形秽，为它们的大公无私而深受感动。但直到后来，人们才发现了事实真相。

　　它来帮助主人当然是值得欢迎的，但它并不是真正的帮手，而是一个强盗！要知道，蜣螂做成一个粪球是非常辛苦的，而偷一个现成的粪球，或者到邻居家去吃顿饭，那就容易得多了。有的蜣螂会用狡猾的手段进行偷盗，而有的还会动用武力呢！

　　有很多次，一个强盗从上面飞下来，猛地将粪球的主人击倒，然后蹲在圆球上，前腿靠近胸口，静待主人的反击。如果主人爬起来想把粪球抢回来，这个强盗就会从后

面给它一拳。主人再次爬起来，推摇粪球，球滚动了，强盗就有可能滚落下来。

那么，接下来的便是一场角力比赛。两只蜣螂互相推揉纠缠着，腿与腿相绞，关节与关节相缠，它们角质的甲壳互相碰撞，发出类似金属摩擦的声音。胜利的蜣螂会爬到粪球顶上，而失败者被驱逐后，只好跑开继续做自己的小圆球。

有几次，我甚至看见第三只甲虫出现，像强盗一样抢劫粪球。当然，对于有些动物来说，这样的争斗是算不上残酷的。

有的时候，强盗也会牺牲一些时间，利用狡猾的手段来行骗。它假装帮助主人搬动圆球，但实际上出的力很少，大多数时间只是坐在顶上观光。到了适宜储藏的地方，主人就开始掘坑，而这个强盗却抱住粪球开始装死。

洞穴越挖越深，主人看不见粪球了，即使有时到地面上去看一看，发现粪球旁躺着的蜣螂一动不动，也就安心了。但是主人离开的时间一长，强盗就会趁机把粪球迅速推走，就好像小偷怕被人捉住一样。

如果主人追上了它，它就赶快换一个新位置，看起来就好像它是无辜的，只是球从斜坡上滚下去了，它是想截住球啊！于是两个"伙伴"又重新将球推上斜坡，好像什么事都没发生一样。

如果强盗得以逃脱，带走主人辛辛苦苦做的粪球，那主人也只好自认倒霉。它搔搔头部，呼吸几口空气，又重新做起粪球。我非常羡慕和忌妒它这种百折不挠的品质。

在经历了重重困难之后，蜣螂才能把食物储藏好。

储藏室是在软土或沙土上掘成的洞穴，如拳头大小，有短道通往地面，宽度恰好可以容纳粪球。把食物推进去，蜣螂就坐在里面，再用一些东西把进出口堵起来。

粪球刚好可以塞满洞穴，顶天立地。在食物与墙壁之间有一个很窄的小道，蜣螂就坐在这里，最多两只，通常只有一只。蜣螂整天在这里吃东西，差不多一个星期或两个星期，从来不会停止。

古代埃及人以为蜣螂的卵是在我刚才所说的粪球中，我可以证明这个结论是错误的。关于蜣螂产卵的真实情形，刚好有一天被我发现了。

我认识一个放羊的小孩儿，他没事的时候，会经常来帮我做一些事。有一次，是六月的一个星期天，他来到我这里，手里拿着一个奇怪的东西，看起来好像一个小小的梨，但已经失去新鲜的颜色，变成了黑褐色。这个东西摸上去很结实，样子也挺好看，只是构成它的原料有些粗糙。

他告诉我，这里面一定有一个卵，因为曾经有一个同样的"梨"被他偶然弄碎，里面就藏着一粒麦粒大的白色的卵。

第二天早晨，天刚刚亮，我就和这个牧童一起出去考察这件事。

很快，一个蜣螂的洞穴就被我们找到了。也许你也知

道，它的洞穴上面，总会有一小堆刚挖出来的泥土。牧童用小铲子拼命地挖，我则趴在地上，因为这样比较容易看清有什么东西被挖出来。一个洞穴很快被挖开了。

在潮湿的泥土中，我发现了一个精制的"梨"。我没法忘记这件事儿，因为这是我第一次看到一只雌性蜣螂进行如此有趣的工作！就算挖掘古代埃及墓葬，发现一只翡翠蜣螂，恐怕我也不会这么兴奋。

我们继续寻找，很快发现了第二个洞穴。这次雌性蜣螂是在"梨"的一侧，而且紧紧抱着"梨"。这个夏天，我发现了一百多个这样的"梨"。

像球一样的"梨"，是用人们丢弃在原野上的废物做成的。其实它就是粪便，但原料要稍微精细一些，因为这是给幼虫储备的食物。当幼虫从里面爬出来的时候，还不能自己觅食，所以母亲要将它包裹在最适宜的食物里。它一出生就有食物享用，才不至于挨饿。

卵被放在"梨"的小端。每颗有生命的种子，无论是植物还是动物，都需要空气，就是鸟蛋的壳也分布着无数个气孔。假如蟋蟀的卵是在大端，它就有可能被闷死，因为这里的材料粘得很紧很硬，还包有硬壳。所以雌性蟋蟀便预备下一个透气的小空间，给它的幼虫居住。

当这些食物不够幼虫吃的时候，它就要爬到"梨"的中央去吃。过一段时间，幼虫便强壮起来。

在"梨"的大端包上硬壳的做法是很有道理的。蟋蟀的洞穴非常热，温度有时无法忍受。这样，经过三四个星期，食物就会变干变硬，无法食用。如果第一餐不是柔软的食物，而是像石子一样硬的东西，幼虫就会因为没有吃的东西而被活活饿死。

在八月份的时候，我就找到了好几只这样的牺牲者。要减少这种危险，雌性蟋蟀就要拼命地用它强健的前腿，挤压"梨子"的外层，把它们做成具有保护性的硬壳，以抵御外面的炎热。在酷热的夏季，女人们会把面包摆在紧闭的锅里，以保持它的新鲜和柔软，而蟋蟀也有自己的方法来实现相同的目的。

我曾经观察过蜣螂在巢内工作，所以很清楚做"梨"的流程。

开始的时候，它收集做"梨"的材料，然后把自己封闭在地下，专心工作。这些材料通常是由两种方法获得的。

一般来说，在自然环境下，蜣螂通常使用的办法是把现成的粪球推到合适的地方。推动时，粪球外表变得有些坚硬，慢慢沾上一些泥土和细沙。在这种情况下，蜣螂的工作仅仅是压紧材料，运进洞穴。而后面的工作就显得非常有趣了。

有一天，我见它把一块不成形的材料带到地穴里去了。第二天，我去它的洞穴时，发现这只蜣螂正在工作，那块不成形的材料已经成功地变成了一个"梨"，外形已经基本形成，而且做得相当精致。

"梨"贴近地面的部分，已经敷上了细沙；其余的部分，也已打磨得像玻璃一样光滑。这说明蜣螂还没有滚过"梨"，只是刚刚塑造成形。

做这个"梨"的时候，它用前腿轻轻敲击，就像在阳光下做粪球一样。

我曾用一个玻璃瓶做蜣螂的巢穴，这样便可以将它工作的流程看得一清二楚。

蜣螂开始是做一个完整的粪球，然后绕着粪球做一个圆环，用力地挤压，直到圆环成为一道瓶颈形状的深沟。这样，球的一端就出现了一个凸起。在凸起的中央，再加上一些压力，做成一个小小的火山口，边缘很厚，随着凹穴渐深，边缘也变薄，最后形成一个袋。蜣螂把袋的内壁磨光，然后把卵产在当中，再用纤维塞住开口。

"梨"里面的卵一个星期到十天，就会孵化成幼虫。一出生，幼虫就毫不迟疑地开始吃四周的"墙壁"。它很聪明，总是朝厚的方向吃，这样就不至于把"梨"弄出小孔，让自己掉出去。

很快，它就变胖了，不过样子非常难看。如果你拿起它对着光亮看，能看清它的内脏器官。

蜣螂的幼虫和成虫区别非常明显，没有一点儿父母的影子。对于幼虫来说，威武的盔甲，黑亮的光泽，现在还没有。如果古代埃及人看到这些白胖的幼虫，肯定猜不到那些威武雄壮的蜣螂就是由它们变成的。

第一次蜕皮时，这只小虫子还未完全长成，虽然蜣螂的形状已经可以分辨出。很少有昆虫能比这个小东西更漂亮——翼盘在中间，像折叠的宽领带，前腿位于头部之下。它差不多会在四个星期里保持这种状态，然后再次蜕皮。

这时候它的颜色是红白色，在变得黑亮之前，要蜕好几次皮，颜色渐黑，硬度渐强，直到披上角质的外壳，变成一只真正的蜣螂。

这时候，它住在地下梨形巢穴里，非常渴望冲出硬壳，跑到阳光下。但它能否成功，要依环境而定。

　　它出来的时间，通常在八月份。一般来说，八月的天气是一年中最干燥炎热的季节。所以，如果没有雨水滋润泥土，仅凭这只小虫子的力量，是没有办法打破坚固"墙

壁"的。因为哪怕是最柔软的材料，时间长了也会变成硬得无法通过的壁垒。

　　当然，我也曾做过这种试验，将干硬的"梨"放在一个盒子里，让它保持干燥，或早或晚，就会听到盒子里发出一种摩擦声，这是蜣螂在用它的头和前足刮"墙壁"。

　　过了两三天，好像没有什么进展。于是我便为它们提

供一些帮助，例如用小刀在上面戳一个小孔，但结果还是没什么进展。

不到两个星期，壳内变得一片沉寂——这些用尽力气的"囚徒"已经饿死了。

于是我又找了一些跟从前一样坚硬的"梨"，用湿布裹起来，放在瓶子里，用木塞塞好，等"梨"湿透了，再把湿布拿出来。这次试验完全成功，"梨"被浸软后，幼虫便很容易冲破壁垒。它勇敢地用腿支撑着身体，将背部当作一根杠杆，认准一个点用力冲撞，最后，壁垒破裂成了碎片。

在天然环境下，这些"梨"在地下的时候，情形也差不多。当时土壤被八月的太阳烤干，硬得像砖头一样，这些昆虫要逃出牢狱，是不可能的。但如果偶尔下一场雨，"梨"的硬壳就会变得松软，它们就能破壳而出。

刚出来的时候，它并不关心食物，最需要的是充分享受阳光。它跑到太阳下，一动不动地晒太阳。蜣螂是冷血动物，自身无法提供新陈代谢所需的热量，这样它就不得不依赖阳光，为身体提供足够的热量。沙漠里的太阳无比毒辣，但对于身上披着厚厚甲壳的蜣螂来说，倒不是那么难以忍受。

过了一会儿，它就要开始吃东西了。没人教它，它也会做，像它的前辈一样，去做一个粪球，或者从别的同类那里，用抢劫或欺骗的手段得到一个粪球，再去掘一个储藏食物的洞穴，长大，交配，产卵，繁育下一代。

大多数人对于蝉的歌声是非常熟悉的。在拉封丹的寓言里，记载了一个关于蝉的故事。

故事说：整个夏天，蝉一点儿事情都不做，只是不停地唱歌，而蚂蚁却忙于寻找和储藏食物。冬天来了，蝉饿得不行，只得跑到邻居蚂蚁那里借粮食，结果遭到了难堪的嘲讽。

"夏天你为什么不收集一点儿食物呢？"蚂蚁问蝉。

"夏天我每天要唱歌，实在是太忙了。"蝉回答道。

"你喜欢唱歌，那好啊，现在你还可以去跳舞。"蚂蚁毫不客气地讥讽道，然后转过身走了。

这个寓言里的昆虫，并不一定就是蝉，拉封丹所想的恐怕是螽斯，也就是我们通常所说的蝈蝈，英国常常把螽斯译为蝉。

哪怕在我们的村庄，也不会有人如此没常识地觉得，蝉会在冬天存在。差不多每个农夫都非常熟悉这种昆虫的幼虫。天气变冷时，农夫在橄榄树的根下，随处可以挖到这些幼虫。我曾经至少十次以上见过这种幼虫从洞穴中爬出，紧紧握住树枝，背上裂开，蜕去皮，变成一只蝉。

这个寓言显然是造谣，蝉并不是乞丐，虽然它也需要邻居们的关照。到了夏天，它就在我的门外唱歌，在两棵大树的绿荫中，从日出到日落，那粗鲁的叫声吵得我头晕目眩。这种震耳欲聋的叫声，这种没完没了的噪声，让人思维迟钝。

有的时候，蝉确实会同蚂蚁打交道，但却与前面寓言中所说的截然相反。蝉往往独立生活，从不去蚂蚁家乞讨，否则它自己便会成为蚂蚁的食物。相反，倒是蚂蚁要经常乞求这位歌唱家。哦，也许这句话不够准确，是它去抢劫这位歌唱家。

七月份，昆虫们口渴得厉害，到处寻找水源，而蝉却舒服自在地栖息在树上。它突出的嘴是一个精巧的吸管，和锥子一样尖利，可以刺穿树皮，平时藏在胸前。它坐在枝头，不停地唱歌，只要口渴了，就刺破柔软的树皮喝个够。

接着，我们就会看到蝉遭受意外骚扰。附近很多口渴的昆虫，发现从树的"伤口"里流出很多汁液，便会立刻跑过去吸食。这些昆虫包括黄蜂、苍蝇、蛆、玫瑰虫等，而最多的就是蚂蚁。

身材小的昆虫想要喝到汁液，只能从蝉的身下爬过去，而蝉就会大方地抬起身子，让它们过去。身材高大的昆虫喝完汁液，便会赶紧离开，爬到邻近的枝头。再转回来，它的胆子就比以前大多了，这时的它，忽然就变成了强盗，试图把蝉赶走。

最坏的强盗，就是蚂蚁了。我曾经见过它们咬住蝉的腿尖，拖住它的翅膀，爬上它的后背，甚至有个凶悍的强盗竟然抓住了蝉的吸管，想把它拉掉。

后来，麻烦越来越多，这位歌唱家不得不离家出走。于是，蚂蚁就达到了目的。在炎热的夏日，蚂蚁终于能够不劳而获地喝到清凉的水了。哦，也不能说是不劳而获，至少它们还付出了抢夺果实的努力。

不过汁液很快就会被吃光，因为蚂蚁没有蝉那样的口器，无法让汁液一直流淌，最后只能望着再也流不出汁液的"枯井"，恋恋不舍地离开。然后，它们便会去寻找下一个目标。可以想象，又将有一只蝉成为受害者。

你看，实际情况不是与那个寓言正相反吗？蚂蚁是顽强的乞丐，而勤劳的生产者却是蝉！

我有很好的条件研究蝉的习惯。不幸的是，我几乎与

它们同住。七月初，它们就占据了我屋前的那棵树。我是屋子的主人，它们是主人门外的最高统治者，而且统治得让人非常不舒服。在炎炎的夏日，越是炎热，蝉的叫声就越大，以至于我不得不把全部注意力集中到它们身上。

一年当中，蝉初次露面是在盛夏——天气最炎热的时候。在行人非常多、阳光照射的道路上，会出现很多小洞，洞口直径大小和人的手指差不多。蝉的幼虫从这些小洞里爬出来，在地面上变为成熟的蝉。它们特别喜欢干燥且阳光充沛的地方。幼虫拥有一种利器，能够刺透被太阳炙烤过的坚硬的泥土。

要观察它们的地下室，就要用手斧来挖掘。

最引人注意的，大概就是这个直径两三厘米的小洞了。它的四周一点儿尘土都没有，更没有泥土堆积在外面。多数掘地昆虫，比如蟋蟀，它的巢穴外总会有一个土堆。而蝉则完全不同，这是因为它们的挖掘方法与蟋蟀不一样。

蝼蛄的挖掘是从洞口开始的，所以它们把挖出来的泥土堆积在地面，而蝉的幼虫是从地下开凿，最后的工作才是开辟洞口。因为开始时没有门，所以也就无法在洞口堆积泥土。

蝉开凿的通道一般深几十厘米，畅通无阻，下面的部分较宽。开凿通道的泥土都搬到哪儿去了呢？为什么墙壁不会坍塌？很多人都认为蝉是用有爪的腿爬上爬下，但这样会将通道弄塌，把房子堵住。

其实，蝉就像是一名熟练的矿工或一名铁路工程师。矿工用支架支撑隧道，铁路工程师利用砖墙固定地道。蝉和他们一样聪明，在通道的四壁抹上"水泥"。"水泥"的原料是泥土和它体内的黏液。洞穴常常建筑在含有汁液的植物根系上，这样它便可以随时从这些根系上得到汁液。

穴道内畅通无阻，这对蝉来说是很重要的。因为它要爬到阳光下，必须得先知道外面的天气。因此，为了建造这个坚固的墙壁，方便上下爬行，它需要工作好几个星期甚至一个月。在通道的上方，要留有一指厚的土，用来保护洞口和抵御外面天气的变化。

如果外面下雨或刮风——当纤弱的幼虫蜕皮时，这是一件非常可怕的事情——它便小心谨慎地溜到通道底下。如果天气温暖，它就用爪子击碎天花板，爬到地面上来。

在幼虫肥大的躯体里有一种汁液。掘土的时候，它便将汁液和泥土搅拌在一起，做成泥浆，再用肥重的身体碾压，把泥浆挤进干土里。因此，当它从洞口爬出来时，身上便会带着湿点。

蝉的幼虫刚到地面上时，经常会在附近徘徊，寻找适合的蜕皮地点——或是一棵小矮树，或是一丛灌木。找到后，它就爬上去，用前足紧紧握住，纹丝不动。

找到合适的地点，幼虫外层的皮便开始由背上开裂，露出里面的成虫。往往是头先钻出来，然后是吸管和前腿，最后是翅膀和后腿。这时，除了身体的最后部分，它几乎已经成形。

它会表演一种姿态奇异的体操，身体在空中腾起来，只有一点儿连在旧皮上。它翻转身体，头朝下，满是花纹的翼向外伸展，用力张开。然后，它用一种精细到看不清的动作，尽力将身体翻转过来，用前爪抓住空壳，把身体的尖端从壳中甩出来。整个过程大概需要半个小时。

在短时间内，这个刚从壳里摆脱出来的蝉还不是很强壮。它那柔弱的身体必须要在阳光和空气中沐浴，直到逐渐变成棕色，才成为名副其实的蝉。

蝉非常喜欢唱歌，翼后的空腔里长着一种像钹一样的乐器。光有一种乐器还不够，它还在胸部安装了一对"响板"，以增加声音的强度。

为了满足对音乐的嗜好，它牺牲了很多。因为有了这对巨大的"响板"，它其他的器官只能蜗居在身体的角落里。当然了，为了唱歌，它也只好缩小器官，腾出地方来安置乐器。

但不幸的是，它的喜好却干扰了别人的生活。如果你生活在一片被蝉占领的区域，在炎炎的夏日，听着它歌唱，你也会同意我的观点。但我还是没有发现它唱歌的目的。通常的理解是它在呼唤同伴，然而事实并非如此，这个观点是错误的。

我与蝉近距离相处了十五年。每个夏天差不多都有两个月，它们从没离开我的视线，歌声更不离开我的耳朵。我经常看见它们在树的嫩枝上，整齐地排成一列。它们并肩而坐，将吸管插到树皮里，一动不动地狂饮。

太阳落山后，它们就会沿着树枝，去一个温暖的地方。无论是饮水还是行动，它们从未停止过歌唱。

由此看来，它们并不是在呼唤同伴。如果你的同伴就在你面前，你大概不会浪费整月的工夫呼唤他吧！除非你觉得他非常讨厌，想要赶走他。

在我看来，蝉是听不见自己歌声的，不过是想用这种蛮不讲理的方法去强迫他人倾听罢了。

蝉具有非常好的视觉，有五只眼睛。这些眼睛会告诉它周围发生的事。只要看到有谁跑过来，它便马上停止歌唱，悄然飞离。但声音却不会惊扰到它。

对一般的动物来说，哪怕声音很轻，虽然没有看见你，它都会惊慌地离去。可是蝉却不然，无论你站在它的背后讲话、吹哨子、拍手，还是撞石子，它还是镇静自若地继续歌唱，好像什么事都没发生一样。

有一回，我借来了一支乡下人的土铳。

我来到树下，偷偷放了一枪。砰的一声枪响，我的耳膜都震疼了，可出乎意料的是，蝉一点儿都没有受到影响，仍然在唱歌。

通过这次试验，我们可以确定，蝉是听不见声音的，是个聋子，它对自己发出的声音也是听不到的！（后来的科学研究推翻了法布尔的结论。雄蝉鸣叫是为了吸引异性，但雌蝉不能鸣叫。蝉对同类的声音非常敏感。）

蝉一般喜欢把卵产在干枯的细枝上。

找到合适的细枝，它就用胸部尖利的产卵器在树枝上刺出一排小洞。如果不被打扰，它甚至会在上面刺出三四十个小洞。

它的卵就产在这些小洞里。其实这种小洞是一种狭窄的斜径。每个小洞内大概有十粒卵。它之所以产这么多卵，自然是为了抵御一种特别的危险。经过多次观察，我才知道这种特别的危险是什么。这种危险就是一种极小的昆虫——蚋，和它相比，蝉简直就是庞然大物。

蚋和蝉一样，也拥有尖利的产卵器。产卵器位于它腹部中央的位置，完全伸出来时和身体呈直角。蝉卵刚刚产下，蚋就立刻将其毁坏。

蝉刚刚把卵装满一个小洞，爬到别处，蚋就立刻爬了过来。等蝉飞回来时，洞内已换成了蚋的卵，这些冒充的家伙能将蝉的卵毁掉。蚋的幼虫成熟得很快，每个小洞里都有一个，以蝉卵为食。

虽然有着千万年的经验，但可怜的蝉母亲却对此全无察觉。它大而锐利的眼睛应该能看见这些可恶的家伙，也应该知道其他昆虫会跟在后面，但却依然不为所动。它要碾碎这些天敌其实是非常容易的，不过它坚持着，不去解救自己的孩子。

从放大镜里，我观察到了蝉卵孵化的全过程。刚开始它就像一条极小的鱼，眼睛大而黑，身体下面有一对鳍状物。这是由两条连在一起的前腿构成的。它们具有活动能力，是突破外壳的工具。

到了洞外，它立刻把皮蜕去。用不了多久，它就落到地面上。这个像跳蚤一般大的幼虫，身体会在空气中渐渐变硬，投入到严酷的现实中去。

这个弱小的昆虫非常需要藏身之处，因此它必须马上钻入地下，找到庇护所。天气越来越冷了，稍微慢一点儿就有被冻死的危险。

幼虫找到适合藏身的地点，便用前腿挖掘地面。通过放大镜，我看见它挥动着前腿向下挖，将泥土抛到地面上。几分钟后，小洞挖成了，这个小东西便把自己埋在了土里，然后就再也看不到了。

蝉的幼虫在地下生活，可能那是一个神秘的世界。据观察，它从出生到爬到地面上来，大概需要四年，而在明媚的阳光下歌唱还不到五个星期的时间。

四年的黑暗才能换来一个月的欢乐，这就是蝉的生活。